글 양태석
서울예술대학 문예창작과를 졸업한 뒤 1991년 월간 《문학정신》에 단편 소설이 당선되어 문단에 나왔어요. 지은 책으로는 소설집 《다락방》과 동화집 《아빠의 수첩》, 《나눔》, 《사랑의 힘 운동 본부》, 《책으로 집을 지은 악어》 들이 있고, 어린이 교양서로는 《초등 상식 활용 사전》, 《강물아 강물아 이야기를 내놓아라》, 《백성이 잘사는 나라를 꿈꾼 실학자 정약용》 같은 책이 스무 권 넘게 있어요.

그림 박윤희
홍익대학교에서 광고디자인을 전공하고, 자유롭고 따뜻한 그림이 그리워 동화 일러스트를 시작했어요. 하얀 도화지를 보면 어떻게 그려야 할지 막막하기도 하지만 한편으론 완성될 그림을 상상하며 설레기도 해요. 도전을 두려워하지 않는 용감한 그림 작가가 되렵니다. 작품으로는 《정신세계를 살찌우는 예술가》, 《우리 집은 아프리카에 있어요》, 《너는 나쁜 아이가 아니야》, 《사진은 어떻게 찍힐까?》, 《바다를 좋아하는 선장님》, 《남자가 뾰족구두를 신었다?》, 《친구를 위해서라면 괜찮아》, 《재미있는 돈 이야기》 들이 있어요.

 글 양태석 그림 박윤희

초판 1쇄 펴낸날 2014년 11월 3일
초판 3쇄 펴낸날 2022년 6월 1일

펴낸이 김병오 **편집장** 이향 **편집** 김샛별 안유진 **디자인** 정상철 배한재
홍보마케팅 한승일 이서윤 강하영 **펴낸곳** (주)킨더랜드 **등록** 제406-2015-000037호
주소 경기도 파주시 회동길 512 B동 3F **전화** 031-919-2734 **팩스** 031-919-2735
제조자 (주)킨더랜드 **제조국** 대한민국 **사용연령** 3세 이상

너무너무 무서워

글 양태석 · 그림 박윤희

킨더랜드

무서우면

가슴이 두근두근 뛰고

눈가에 눈물이 맺히고

몸이 덜덜 떨려.

너도 그런 적 있지?

하지만 너무 걱정하지 마.

무서워도 괜찮아.

비가 오는 날
우르릉 쾅! 천둥이 치고
번쩍! 푸른 번개가 내리꽂히면
심장이 쿵쿵 뛰고
숨이 막힐 만큼 무서워.

캄캄한 밤에 혼자 있거나
귀신 꿈을 꾸어도
무서워서 온몸이 부들부들 떨리지.
"으악!"
소리를 지르기도 해.

골목길에서 개를 만나도 무서워.

'물면 어떡하지?'

다리가 후들후들 떨려.

도망치려고 해도 다리가 꼼짝도 안 해.

정말 울고 싶은 기분이야.

오늘은 시험 보는 날.

시험지만 보면 덜덜 떨려.

'시험을 못 보면 어떡하지?'

'엄마한테 혼날 거야.'

걱정이 돼서 알던 문제도 틀리지.

치과에 가도 무서워.

윙윙!

기계 소리만 들어도

온몸에 소름이 쫙 돋아.

너무 무서워 엉엉 울기도 해.

덩치 큰 아이가 화내도 무섭고
높은 곳에 서 있어도 무서워.
입술이 파르르 떨리면서
손발이 딱딱하게 굳는 것 같아.

'혹시 나만 겁이 많은 건 아닐까?'

아니야. 그렇지 않아.
누구나 무서운 것을 보면 겁이 나.
무서운 것을 보고 겁을 내는 건 당연해.
이건 비밀인데
엄마 아빠도 때로는 무서운 것을 보고
덜덜 떨 때가 있어.

사람은 누구나 기쁘면 웃고,

슬프면 울고, 신나면 춤추고,

겁이 나면 덜덜 떨어.

누구나 똑같아.

이건 아주 자연스러운 거야.

'난 남자니까 용감해야 해.'
'무서워하는 건 창피한 일이야.'
이런 생각 때문에
무서운데 안 무서운 척하고
겁나는데 용감한 척하는 건
네 마음을 속이는 일이야.

무서우면 숨기지 말고
엄마 아빠한테 솔직하게 말해.
"엄마, 무서워요."
"아빠, 겁이 나요. 어떻게 하죠?"
그러면 엄마 아빠가 너를 꼭 지켜 줄 거야.

엄마 아빠가 없으면 다른 어른들한테

도와 달라고 하면 돼.

경비 아저씨, 옆집 아줌마, 가겟집 아저씨……

누구라도 좋아.

학교에서는 선생님께 도와 달라고 해.

"무서워요, 선생님."

그러면 선생님이 얼른 도와주실 거야.

때로는 내가 무서워하는 것들을

차례대로 종이에 써 보는 것도 좋아.

그림으로 그려 보는 것도 좋고.

천둥, 번개, 어둠, 귀신, 사나운 개, 시험, 치과……

그런 다음 이 모든 것을

이겨 내는 상상을 해 보는 거야.

천둥 번개가 치는 빗속을
씩씩하게 걸어가는 나,
어두운 방에서 혼자 잠을 자는 나,
귀신과 가위바위보를 하는 나,
개의 머리를 쓰다듬어 주는 나,
수학 시험에서 백 점을 맞은 나,
치과 의자에 누워 치료를 받는 나,

어때, 정말 용감하지?